À toutes les petites filles
qui rêvent
légères
de faire tourner la terre.

Jo

Achevé d'imprimer sur les presses de l'imprimerie Mame, à Tours
Conception graphique : Joëlle Leblond
Photogravure : Turquoise
Dépôt légal : 1er trimestre 1999
ISBN : 2.84146.663.9

Loi n° 49.956 du 16.07.1949 sur les publications destinées à la jeunesse.

Et les petites filles dansent...

JO HOESTLANDT NATHALIE NOVI

SYROS jeunesse
Amnesty international

Quand les petites filles dansent
au clair de la terre,
sur la pointe des pieds,
libres et légères,
le monde entier tourne avec elles
irrésistiblement...

Toutes petites mais toutes puissantes
elles font tourner les moulins et leurs ailes
Elles entraînent les manèges
leur cortège de chevaux de bois
et les cygnes au cou songeur.

Quand les petites filles dansent
sur la pointe des pieds,
libres et légères,
le vent tournoie dans les jardins
et les grand-mères frileuses
se serrent sur les bancs de pierre.

Les heures défilent, tranquilles,
sur les signes de cuivre des cadrans.
Été, automne, hiver, printemps,
la terre roule infiniment...
Et pourtant...

Parfois sur terre quelque part
éclatent les bombes dans le ciel blanc.
Boules d'orage,
qui tordent l'arc des ponts
fendent les rues
font fuir les hommes
et les oiseaux frissonnants.
Des murs s'élèvent,
de hautes grilles enferment ;
au pied des murs et des grilles
des femmes crient, des enfants pleurent;
certains meurent sans rien dire...
...Ou on ne les entend pas.

Mais ici ou là, ailleurs,

les petites filles dansent encore,

éperdument...

Parfois, sur la terre, pourquoi, mystère,

le sol se déchire

la mer se soulève

emportant ballons et petits enfants.

Mais aillcurs, ici ou là,

libres et légères,

les petites filles dansent toujours

passionnément...

Un jour, cependant,
partout en même temps,
les parents grondent un peu :
« Ça suffit, petites, ça suffit,
vous nous donnez le tournis ;
Dans la vie, il faut avoir les pieds sur terre,
tenez-vous-le pour dit ! »

Et c'est ainsi que, brusquement,
toutes les petites filles,
s'arrêtent de danser,
toutes en même temps.

Alors les moulins retiennent leurs ailes,
les manèges cabrent leurs chevaux,
les cygnes restent dans leur songe.

Les vents rendent leur dernier soupir,
la pendule suspend ses heures,
l'automne s'étonne et s'éternise

La terre cesse de tourner sur elle-même,
et même autour du soleil.

Les grandes personnes, les présidents,
les rois et les reines, la police, les juges
et tous les savants, tous s'interrogent.
Tout le monde se demande pourquoi
brusquement, tout s'est arrêté.

Un assassin arrive en courant; il crie :
« C'est moi ! c'est moi qui ai planté
un couteau à cran d'arrêt, là,
dans le cœur de la terre ! »

Il fait peur,
alors un moment, on le croit.
On fait un grand silence...
Puis on respire.
La terre a le cœur gros, peut-être,
la terre a le cœur lourd,
mais il bat toujours.

Un chasseur alors prétend

qu'il a capturé tous les vents de la terre !

Parce que ses cages sont vides,

on pense qu'elles sont pleines de vents !

Vite, on ouvre les cages

pour que s'envolent tous les vents,

vents du large, vents contraires,

et vents de folie !

Mais le chasseur s'est vanté.

Les vents sont libres comme le vent

et personne ne peut les capturer.

Ensuite un savant explique des choses difficiles
sur les sphères, la biosphère et l'atmosphère.
Pour finir, il affirme qu'il n'y a rien à faire...
On le fait taire.

Heureusement, quelqu'un dit tout haut
ce que tout le monde pense tout bas.
« C'est une histoire de fou
Seul un fou pourra nous sauver ! »

On va chercher bien loin,
enfermé au fond d'une petite chambre blanche,
un fou si fou
qu'il prétend depuis vingt ans
qu'il n'est pas fou du tout...

Les rois, les reines, les présidents, les savants,

tout le monde l'assaille :

« Fou, dis-nous pourquoi la terre s'est arrêtée de tourner

avec ses moulins, ses manèges, ses heures, ses vents, ses saisons,

fou, trouves en la raison ! »

Autour du fou, il y a un monde fou !

Le fou en attrape le fou rire !

Enfin, il se calme.

Il demande un chapeau, on le lui donne.

Longtemps, le fou travaille du chapeau.

Autour de lui, le monde entier attend, silencieusement.

À la fin, le fou dit tranquillement :

« Le monde s'est arrêté de tourner

parce que les petites filles se sont arrêtées de danser. »

Toutes petites, mais toutes puissantes,

elles savent ce qu'il faut faire.

Elles entraînent du bout des pieds

la terre entière.

Alors immédiatement,

dans le monde entier,

les parents, les présidents, les juges,

les rois, les reines, la police et les savants,

tous supplient les petites filles :

« Chéries, gracieuses chéries,

vous êtes libérées, retournez vite danser,

que la terre se réveille sous vos petits pieds ! »

Et les petites filles, délivrées,

qui sont très bonnes vraiment

se remettent toutes à danser, toutes en même temps.

Elles gonflent leurs robes

en corolles tourbillonnantes,

tellement, tellement,

que la terre s'emballe !

Les chevaux quittent leur manège,

les cygnes leur air songeur,

les moulins perdent leurs ailes ;

printemps rattrape été,

été se sauve en hiver,

il neige sur les primevères ;

la première heure rattrape la dernière.

Malheur...

Bonheur...

Souffle,

souffle partout

le grand vent fou de la liberté

qui fait crouler les murs,

et ouvre les grilles à toute volée.

Alors très haut,

les idées et les rêves s'envolent

comme des oiseaux.

Le fou rit aux éclats !

Car son heure est venue !

Mais les petites filles,

les plus petites, se fatiguent vite.

Elles ne dansent pas longtemps

toutes en même temps...

Le ciel se referme, les grilles aussi,

mais pas toutes,

les rêves retombent sur terre,

mais pas tous non plus.

La terre reprend son allure,

celle de toujours.

C’est ainsi...

... Toutes petites mais toutes puissantes,

les petites filles savent ce qu’il faut faire.

Libres et légères, elles dansent, elles dansent...

Elles entraînent du bout des pieds

la terre entière.

Et autour du soleil.

Heureusement.